LA RÉPUBLIQUE

DE

SAINT-MARIN

POËME

Par L.-J. BÉOR

Membre et lauréat de plusieurs académies.

PARIS

CHÉRIÉ, LIBRAIRE-ÉDITEUR

RUE DE MÉDICIS, 13.

M DCCC LXXVII

LA RÉPUBLIQUE

DE

SAINT-MARIN

Typographie Beauvais père, à Pithiviers.

LA RÉPUBLIQUE

DE

SAINT-MARIN

POËME

Par L.-J. BÉOR

Membre et lauréat de plusieurs académies.

PARIS

CHÉRIÉ, LIBRAIRE-ÉDITEUR

RUE DE MÉDICIS, 13,

M DCCC LXXVII

AU TRÈS-ILLUSTRE CONSEIL SOUVERAIN

A LL. EE. LES CAPITAINES RÉGENTS

Hommage respectueux de l'auteur

LA RÉPUBLIQUE DE SAINT-MARIN

POEME

I.

Les Cités libres

Libertas !

Beaux siècles disparus de la Grèce et de Rome
Qui couronniez de fleurs la jeune Liberté,
Dont le ferme regard enfantait un grand homme
Et conduisait le peuple à l'immortalité ;
Age d'or du génie, éclatantes annales
Où toutes les vertus brillaient du même éclat,
Où la gloire donnait ses palmes triomphales
Au savant, au poëte, au tribun, au soldat !

Cités libres, salut ! dans sa superbe enceinte
Quels trésors, quels beaux-arts l'Attique renfermait !
Sparte, Athènes, et vous ses sœurs —Thèbes, Corinthe...
Là, Pindare chantait ; ici, Laïs aimait —
Héros et demi dieux, faunes et nymphes nues
Ou d'Homère ou d'Eschyle excitez les accents —
Pour vous, portiques d'or, fresques, marbres, statues,
Phidias, Praxitèle ont leurs ciseaux puissants !

Au loin, Rome, tu nais obscure au bord du Tibre,
Rome, flambeau du monde, asservi sous ta loi —
Rome, invincible et fière, où dans chaque âme vibre
Le courage éclatant, l'honneur pur et la foi !
Pour toi, Virgile peint la plaine reverdie,
Le laboureur courbé sur le sillon obscur ;
Horace va chanter et Mécène et Lydie
Les sources de Blanduse et les bois de Tibur !

Merveilleuses cités, si l'esprit vous évoque
C'est que votre passé du temps reste vainqueur ;
Vos antiques vertus font pâlir notre époque
Et vous ressuscitez sans cesse en notre cœur.
— Vous renaissez d'abord au pays helvétique —
La liberté bannie y fuit les cœurs ingrats —
Puis, là-bas — tout là-bas, au bout de l'Atlantique,
Un grand peuple l'accueille au bruit de ses hurrahs !

Mais entre tous pays, celui qu'elle préfère
C'est ce petit Etat — inexpugnable lieu —
Nid d'aigles isolé des rumeurs de la terre,
Où, rapproché du ciel, l'homme alors songe à Dieu.

Saint-Marin ! là, son nom brille en lettres de flamme
Sur la croix du Sauveur, symbole vénéré ; —
Et serais-tu vendue à l'or du plus infâme
Liberté ! là serait ton asile sacré !

II.

Le mont Titan

Acer mons...
(Strabon)

Au pied de l'Apennin superbe
Se dresse un mont vertigineux
Qui paraît, mesuré de l'herbe,
Cacher sa tête dans les cieux.

C'est le Titan, abrupte et sombre,
Hérissant ses pics dans les airs ;
La nuit, son front, plongeant dans l'ombre,
Semble se couronner d'éclairs.

La Rocca, brune forteresse
A machicoulis, à créneaux,
De l'enceinte, rude maîtresse
Veille à l'abri des arsenaux.

Comme le Capitole antique,
Sur un rocher elle est debout
Et la petite République
Sait que son œil prudent voit tout !

Lorsque l'aube chasse la brume,
Le mont Titan voit à ses pieds
Les vallons où le jour s'allume
Fumer comme autant de trépieds.

C'est d'abord la verte Romagne
Que Virgile a peinte en ses chants ;
Un pâtre en chantant accompagne
Son attelage de bœufs blancs.

Plus loin — c'est Urbino ; Césène ;
Forli ; Faënza ; Rimini ;
Ancône ; Pesaro ; — Ravenne
Où mourut Dante, le banni !

Au fond de ce décor splendide
L'Adriatique et son flot bleu
Où passe la voile rapide
Où se lève un soleil de feu.

.   .   .   .

Là-haut sur cette cime ardue,
Le travail et la liberté

Vont causant, le front dans la nue,
Eblouissante de clarté !

La ville à jardins et fontaines
Moine, soldat et gitano
Font couler dans leurs coupes pleines
Le vin de Corianino.

Vieux couvents et vieilles églises,
Châteaux que l'hiver va rongeant,
Voyez bondir des roches grises
Acquaviva, source d'argent.

Le Borgo sur sa place attire
Le haut bétail des environs,
Troupeaux splendides qu'on admire
Et qu'on paie en beaux écus ronds.

Là-haut, vit un essaim d'abeilles :
On dit que les anges du ciel
Visitent leurs ruches vermeilles
Et goûtent leurs rayons de miel !

C'est la République titane :
Là, depuis quatorze cents ans,
L'aigle de la liberté plane
Sur ces rochers indépendants !

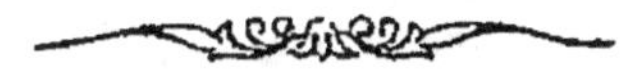

III

San-Marino

Apôtre courageux des maximes divines
Rêvant un peuple libre, en tout temps respecté,
Le Dalmate Marin planta sur ces collines
La croix du Christ avec ce seul mot : Liberté !
Les rudes montagnards connaissaient l'ermitage
Où vivait ce fervent et doux prédicateur.
Saint Marin, tes vertus furent leur héritage
Ton nom reste.au pays, vénéré fondateur !
Là, sur ce vieux volcan des temps mythologiques,
D'où montaient à l'assaut du ciel les fiers géants.
Dans la paix, dans la foi, la jeune République
Faisait ses premiers pas sous tes pieds vigilants,

. . . .

Le pays à ses pieds vit des luttes sanglantes
Et le petit ruisseau que César franchissait
Pour soumettre le monde à ses armes puissantes,
Ce ruisseau trop souvent de sang se rougissait...
Que d'ossements blanchis dans les champs de Romagne !
Pépin, vainqueur d'Astolphe et du pays Lombard ;
Pépin le vieux roi franc, précédant Charlemagne !
Laisse la liberté régner sur tes remparts !

Il salue en passant ta vaillante devise

Et tes hardis soldats par son cœur admirés ;

Il rend Ravenne au pape, il rend à ton église

De son saint fondateur les restes vénérés.

. . . .

Guelfes et Gibelins recommencent la guerre

Le sol est ravagé par de nouveaux combats...

Toi seule des proscrits, écoutant la prière,

Grande et chère cité, sais leur ouvrir tes bras !

. . . .

En vain Albéroni chez toi cherchait un traitre,

Espérant à jamais te voir à ses genoux,

Bravait le droit commun, se déclarait ton maître,

— Il n'obtint que la honte et le mépris de tous !

. . . .

Rien ne peut ébranler ta noble indépendance !

Un jour le canon tonne.... alors dans un éclair

Tu vois flotter soudains le drapeau de la France :

Mille cris de victoire alors emplissent l'air

Bonaparte est vainqueur, vainqueur de quatre armées !

Il campe à Pesaro — d'un guerrier généreux

La clémence est certaine, ô villes désarmées !

Son œil d'aigle aperçoit le Titan glorieux —

Vers l'aube les clairons sonnent au Capitole,

La Rocca fait gronder ses vieux canons noircis,

Monge, le grand savant, paraît et sa parole

Amène un gai rayon sur les fronts obscurcis :

« Peuple ! la France est libre ; elle vole à la gloire !

« Son hommage t'est dû — pays de liberté !

« Du vainqueur de Lodi la plus noble victore

« C'est de donner la main à ta vieille cité.

. . . .

« Qui rappelle à nos temps Sparte, Corinthe, Athènes !

« San Marino, salut ! toi que le ciel bénit !

« En te plaçant si près des régions sereines,

« Des écueils d'ici-bas Dieu préserve ton nid.

. . . .

. . . .

. . . .

Ton nom est éternel, ô cité généreuse !

A tes fastes passés d'autres s'ajouteront ; —

Ton histoire sera la page lumineuse

Où tous libres un jour les peuples apprendront.

⁓⛬⁓

NOTE DE L'AUTEUR. — Ce poème est extrait du livre : « Saint-Marin ! » (histoire, mœurs, institutions) par le comte de Bruc, duc de Burignano, ministre de la République de Saint-Marin à Paris. (Dentu, éditeur.)

Novembre 1877.

OUVRAGES DE L.-J. BÉOR

HEURES FATALES ! HEURES JOYEUSES ? 1 vol. de 200 p — Médaille d'honneur de la Société d'Encouragement au Bien. (épuisé). ·

PRINTEMPS ET NEIGES, 1 joli vol., vignettes, fleurons, culs-de-lampe (2e édition). — Paris, Chérié, éditeur, 13, rue de Médicis. 2 fr. 50 c.

Pour paraître en juillet 1878 :

AU JOUR LE JOUR, poëmes et poésies, sonnets, ballades et chansons ; 1 joli vol., edit. de luxe tirée à 200 exemplaires. — Prix : 2 fr 50. En souscription chez l'auteur, à Pithiviers (Loiret).

Typographie Beauvais père, à Pithiviers.